CUENTO
DE LUZ

A mi madre, por permitirme no dejar de ser niño. A Eneko, por ser tan grande y al mismo tiempo no dejar nunca de ser pequeño. A Nívola, por compartir la luna conmigo... A Mariama, por demostrar que los sueños pueden hacerse realidad.

— Jerónimo Cornelles —

A Pa, a Hamadi y a los niños y mujeres que conocí en Gambia, miradas puras cargadas de esperanza. También a África, que cambió mi vida para siempre.

— Nívola Uyá —

Mariama: Diferente pero igual

© 2014 del texto: Jerónimo Cornelles
© 2014 de las ilustraciones: Nívola Uyá
© 2014 Cuento de Luz SL
Calle Claveles, 10 | Urb. Monteclaro | Pozuelo de Alarcón | 28223 | Madrid | España
www.cuentodeluz.com

ISBN: 978-84-16147-55-7

Impreso en China por Shanghai Chenxi Printing Co., Ltd., mayo 2014, tirada número 1434-1

FSC
www.fsc.org
MIXTO
Papel procedente de
fuentes responsables
FSC® C007923

MARIAMA
DIFERENTE PERO IGUAL

Jerónimo Cornelles y Nívola Uyá

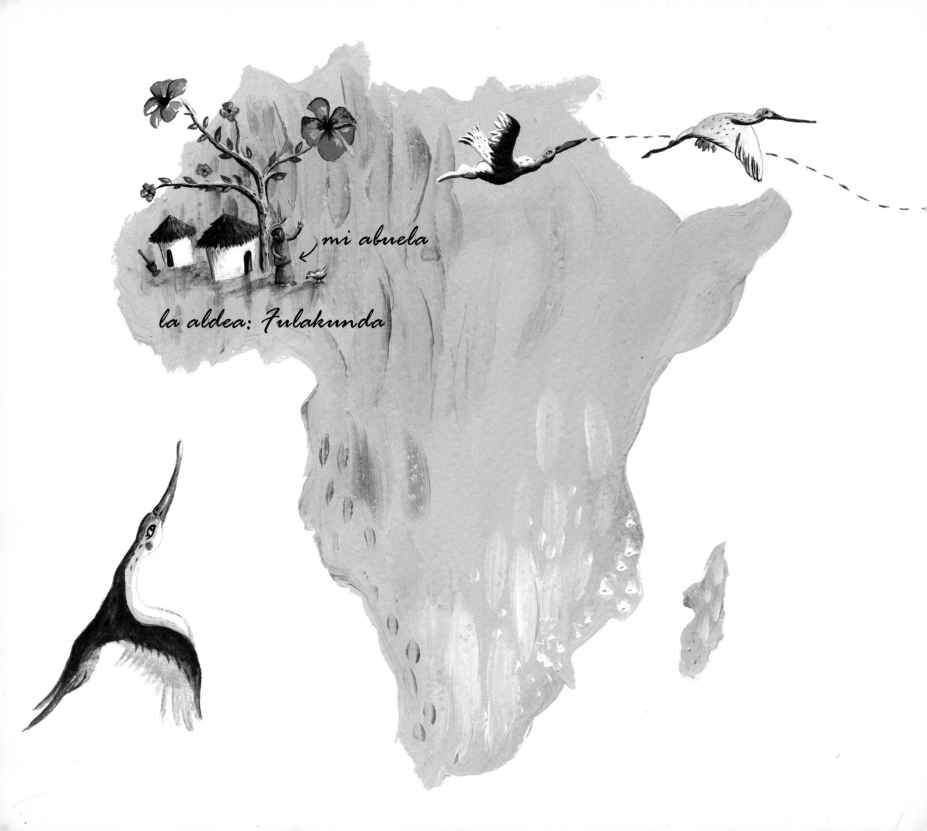

mi abuela

la aldea: Fulakunda

yo

mi mamá

mi papá

Esta es la historia de Mariama, una niña a la que un día sus padres le dijeron que iba a hacer un viaje a un país muy lejano.

un pájaro de metal

hormiguitas

Después del largo viaje en automóvil, tren, barco
y avión hasta su nueva casa, todo era distinto.

Allí no había animales en las calles y en estas,
en lugar de tierra, había enormes lenguas grises.

como un ciempiés

Los primeros días de colegio no fueron nada fáciles.

Mariama no entendía lo que decían los otros niños, ya que hablaban un idioma muy raro. Pero, sobre todo, lo que más le extrañaba a Mariama es que los niños eran casi tan blancos como la luna africana que iluminaba su antigua aldea.

La nueva comida también era distinta,
aunque no por eso dejaba de estar rica.

domoda:
mi comida favorita

Incluso las costumbres de sus nuevos compañeros a la hora de comer eran diferentes.
Los utensilios, los nombres de los platos… ¡Todo era nuevo para Mariama!

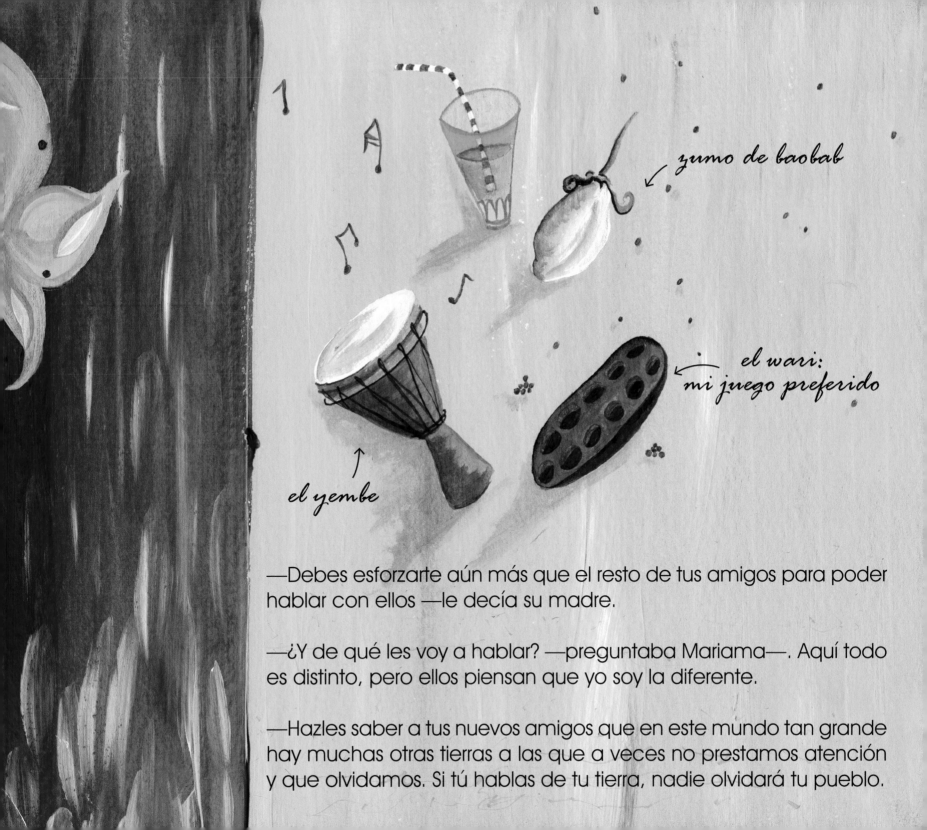

zumo de baobab

el wari:
mi juego preferido

el yembe

—Debes esforzarte aún más que el resto de tus amigos para poder hablar con ellos —le decía su madre.

—¿Y de qué les voy a hablar? —preguntaba Mariama—. Aquí todo es distinto, pero ellos piensan que yo soy la diferente.

—Hazles saber a tus nuevos amigos que en este mundo tan grande hay muchas otras tierras a las que a veces no prestamos atención y que olvidamos. Si tú hablas de tu tierra, nadie olvidará tu pueblo.

Y Mariama aprendió el nuevo idioma.

No fue fácil,
pero con su esfuerzo y la ayuda de sus nuevos amigos, Héctor y Pilar, lo consiguió.

Lo más increíble para Mariama fue descubrir que la única diferencia con Héctor y Pilar era el color de la piel, ya que para todo lo demás, aunque tuviesen costumbres distintas, eran iguales.

Negros o blancos, Mariama, Héctor y Pilar eran niños.
Niños con ganas de jugar y de reír…

chicles de fresa

Niños de los que aprender muchas cosas de la nueva tierra
en la que vivía…

Niños a los que enseñar cómo era la vida en África y las costumbres que allí tenían...

huevos de granja

palomas

Niños que no se tenían que preocupar de otra cosa que
no fuera tener que ser niños…

mis amigos

Con el tiempo, con esfuerzo y con el cariño de sus nuevos amigos, Mariama aprendió a querer y disfrutar su nueva vida.

Aunque, al caer la noche, sentía una enorme tristeza al recordar los cuentos de su abuela Isatu y las estrellas africanas.

Y entonces Mariama recordó las palabras
que le había dicho Isatu antes de partir:

—Todas las noches, estés donde estés,
cuando salga la luna, mírala.
Yo también la estaré mirando.
Y durante esos instantes estaremos juntas,
ya que no existen ni tierra ni kilómetros
suficientes capaces de separarnos.

¿QUIERES JUGAR CON MARIAMA?

Lo que Mariama enseñó a sus nuevos amigos sobre África...

A TOCAR EL YEMBE

África tiene una tradición artística musical muy rica.

Desde hace siglos, músicos y cantantes conservan la historia y la identidad de su pueblo, a través de los cuentos cantados de familias y clanes.

El yembe es uno de los instrumentos más significativos de África.

Golpear la piel del yembe cerca del centro produce notas más graves; golpearla cerca del borde produce sonidos más agudos.

A SABOREAR EL ZUMO DEL BAOBAB

El baobab es un árbol precioso de las regiones semiáridas del África subsahariana que puede alcanzar unas dimensiones impresionantes, llegando a sobrepasar los 30 metros de altura y un diámetro de 20 metros. En cuanto a la edad, se sabe que algunos baobabs tienen cuatro mil años.

Del fruto del baobab se extrae una pulpa de sabor agridulce con la que se prepara un zumo refrescante y delicioso.

Y A JUGAR CON INGENIO

En el continente africano hay una gran tradición lúdica, y los juegos son una actividad muy extendida con la que aprender y pasártelo en grande.

Es muy habitual que se utilice el ingenio y la imaginación para la autoconstrucción de juguetes reutilizando materiales: maderas, envases, piedras, ramitas, semillas…

¿Te animas a construir algún juguete?